Francesco Petrarca

I Trionfi

Texte et illustration de couverture : © domaine public
Edition : Culturea (Hérault, 34)
Contact : infos@culturea.fr
Retrouvez notre catalogue sur http://culturea.fr
Imprimé en Allemagne par Books on Demand
Design typographique : Derek Murphy
Layout : Reedsy (https://reedsy.com/)

Dépôt légal : janvier 2023

ISBN : 9791041844715

TRIUMPHUS CUPIDINIS

Trionfo d'Amore

I

Al tempo che rinnova i miei sospiri
per la dolce memoria di quel giorno
che fu principio a sì lunghi martiri,

già il sole al Toro l'uno e l'altro corno
scaldava, e la fanciulla di Titone
correa gelata al suo usato soggiorno.

Amor, gli sdegni, e 'l pianto, e la stagione
ricondotto m'aveano al chiuso loco
ov'ogni fascio il cor lasso ripone.

Ivi fra l'erbe, già del pianger fioco,
vinto dal sonno, vidi una gran luce,
e dentro, assai dolor con breve gioco,

vidi un vittorïoso e sommo duce
pur com'un di color che 'n Campidoglio
triunfal carro a gran gloria conduce.

I' che gioir di tal vista non soglio
per lo secol noioso in ch'i' mi trovo,
voto d'ogni valor, pien d'ogni orgoglio,

l'abito in vista sì leggiadro e novo
mirai, alzando gli occhi gravi e stanchi,
ch'altro diletto che 'mparar non provo:

quattro destrier vie più che neve bianchi;
sovr'un carro di foco un garzon crudo
con arco in man e con saette a' fianchi;

nulla temea, però non maglia o scudo,
ma sugli omeri avea sol due grand'ali
di color mille, tutto l'altro ignudo;

d'intorno innumerabili mortali,
parte presi in battaglia e parte occisi,
parte feriti di pungenti strali.

Vago d'udir novelle, oltra mi misi
tanto ch'io fui in esser di quegli uno
che per sua man di vita eran divisi.

Allor mi strinsi a rimirar s'alcuno
riconoscessi ne la folta schiera
del re sempre di lagrime digiuno.

Nessun vi riconobbi; e s'alcun v'era
di mia notizia, avea cangiata vista
per morte o per prigion crudele e fera.

Un'ombra alquanto men che l'altre trista
mi venne incontra e mi chiamò per nome,
dicendo: – Or questo per amar s'acquista! –

Ond'io meravigliando dissi: – Or come
conosci me, ch'io te non riconosca? –
Et ei: – Questo m'aven per l'aspre some

de' legami ch'io porto, e l'aer fosca
contende agli occhi tuoi; ma vero amico
ti son e teco nacqui in terra tosca. –

Le sue parole e 'l ragionare antico
scoverson quel che 'l viso mi celava;
e così n'assidemmo in loco aprico,

e cominciò: – Gran tempo è ch'io pensava
vederti qui fra noi, ché da' primi anni
tal presagio di te tua vita dava. –

– E' fu ben ver, ma gli amorosi affanni,
mi spaventar sì ch'io lasciai la 'mpresa;
ma squarciati ne porto il petto e' panni. –

Così diss'io; et ei, quando ebbe intesa
la mia risposta, sorridendo disse:
– O figliuol mio, qual per te fiamma è accesa! –

Io nol intesi allor, ma or sì fisse
sue parole mi trovo entro la testa,
che mai più saldo in marmo non si scrisse;

e per la nova età, ch'ardita e presta
fa la mente e la lingua, il dimandai:
– Dimmi per cortesia, che gente è questa? –

– Di qui a poco tempo tel saprai
per te stesso – rispose – e sarai d'elli:
tal per te nodo fassi, e tu nol sai;

e prima cangerai volto e capelli
che 'l nodo di ch'io parlo si discioglia
dal collo e da' tuo' piedi anco ribelli.

Ma per empier la tua giovenil voglia
dirò di noi, e 'n prima del maggiore,
che così vita e libertà ne spoglia.

Questi è colui che 'l mondo chiama Amore:
amaro come vedi e vedrai meglio
quando fia tuo com'è nostro signore:

giovencel mansueto, e fiero veglio:
ben sa chi 'l prova, e fi' a te cosa piana
anzi mill'anni: infin ad or ti sveglio.

Ei nacque d'ozio e di lascivia umana,
nudrito di penser dolci soavi,
fatto signor e dio da gente vana.

Qual è morto da lui, qual con più gravi
leggi mena sua vita aspra et acerba
sotto mille catene e mille chiavi.

Quel che 'n sì signorile e sì superba
vista vien primo è Cesar, che 'n Egitto
Cleopatra legò tra' fiori e l'erba;

or di lui si triunfa, et è ben dritto,
se vinse il mondo et altri ha vinto lui,
che del suo vincitor sia gloria il vitto.

L'altro è suo figlio; e pure amò costui
più giustamente: egli è Cesare Augusto,
che Livia sua, pregando, tolse altrui.

Neron è il terzo, dispietato e 'ngiusto;
vedilo andar pien d'ira e di disdegno;
femina 'l vinse, e par tanto robusto.

Vedi 'l buon Marco d'ogni laude degno,
pien di filosofia la lingua e 'l petto;
ma pur Faustina il fa qui star a segno.

Que' duo pien di paura e di sospetto,
l'un è Dionisio e l'altr'è Alessandro;
ma quel di suo temer ha degno effetto.

L'altro è colui che pianse sotto Antandro
la morte di Creusa, e 'l suo amor tolse
a que' che 'l suo figliuol tolse ad Evandro.

Udito hai ragionar d'un che non volse
consentir al furor de la matrigna
e da' suoi preghi per fuggir si sciolse,

ma quella intenzïon casta e benigna
l'occise, sì l'amore in odio torse
Fedra amante terribile e maligna,

et ella ne morio: vendetta forse
d'Ippolito, e di Teseo, e d'Adrianna,
ch'a morte, tu 'l sai bene, amando corse.

Tal biasma altrui che se stesso condanna;
ché chi prende diletto di far frode,
non si de' lamentar s'altri lo 'nganna.

Vedi 'l famoso, con sua tanta lode,
preso menar tra due sorelle morte:
l'una di lui, ed ei de l'altra gode.

Colui ch'è seco è quel possente e forte
Ercole, ch'Amor prese; e l'altro è Achille,
ch'ebbe in suo amar assai dogliose sorte.

Quello è Demofoon, e quella è Fille;
quello è Giasone, e quell'altra è Medea
ch'Amor e lui seguio per tante ville;

e quanto al padre et al fratel più rea,
tanto al suo amante è più turbata e fella,
ché del suo amor più degna esser credea.

Isifile vien poi, e duolsi anch'ella
del barbarico amor che 'l suo l'ha tolto.
Poi ven colei ch'ha 'l titol d'esser bella:

seco è 'l pastor che male il suo bel volto
mirò sì fiso, ond'uscir gran tempeste,
e funne il mondo sottosopra vòlto.

Odi poi lamentar fra l'altre meste
Enone di Parìs, e Menelao
d'Elena, et Ermïon chiamare Oreste,

e Laodamia il suo Protesilao,
et Argia Polinice, assai più fida
che l'avara moglier d'Anfïarao.

Odi 'l pianto e i sospiri, odi le strida
de le misere accese, che li spirti
rendero a lui che 'n tal modo li guida.

Non poria mai di tutti il nome dirti,
che non uomini pur, ma dèi gran parte
empion del bosco e degli ombrosi mirti.

Vedi Venere bella e con lei Marte,
cinto di ferri i piè, le braccia e 'l collo,
e Plutone e Proserpina in disparte;

vedi Iunon gelosa, e 'l biondo Apollo
che solea disprezzar l'etate e l'arco
che gli diede in Tessaglia poi tal crollo.

Che debb'io dir? In un passo men varco:
tutti son qui in prigion gli dèi di Varro;
e di lacciuoli innumerabil carco

ven catenato Giove innanzi al carro.

–

II

Stanco già di mirar, non sazio ancora,
or quinci or quindi mi volgea guardando
cose ch'a ricordarle è breve l'ora.

Giva 'l cor di pensiero in pensier, quando
tutto a sé il trasser due ch'a mano a mano
passavan dolcemente lagrimando.

Mossemi 'l lor leggiadro abito e strano
e 'l parlar pellegrin, che m'era oscuro,
ma l'interprete mio mel facea piano.

Poi che seppi chi eran, più securo
m'accostai a lor, ché l'un spirito amico
al nostro nome, l'altro era empio e duro.

Fecimi al primo: – O Massinissa antico,
per lo tuo Scipïone e per costei –
cominciai – non t'incresca quel ch'i' dico. –

Mirommi, e disse: – Volentier saprei
chi tu se' innanzi, da poi che sì bene
hai spiato ambeduo gli affetti miei. –
– L'esser mio – gli risposi – non sostene

tanto conoscitor, ché così lunge
di poca fiamma gran luce non vene;

ma tua fama real per tutto aggiunge,
e tal che mai non ti vedrà né vide,
con bel nodo d'amor teco congiunge.

Or dimmi, se colui in pace vi guide, –
e mostrai 'l duca lor – che coppia è questa
che mi par delle cose rade e fide? –

– La lingua tua al mio nome sì presta,
prova – diss'ei – che 'l sappi per te stesso;
ma dirò per sfogar l'anima mesta.

Avend'io in quel sommo uom tutto 'l cor messo,
tanto ch'a Lelio ne dò vanto a pena,
ovunque fur sue insegne, e fui lor presso.

A lui Fortuna fu sempre serena,
ma non già quanto degno era il valore,
del qual più d'altro mai l'alma ebbe piena.

Poi che l'arme romane a grande onore
per l'estremo occidente furo sparse,
ivi n'aggiunse e ne congiunse Amore;

né mai più dolce fiamma in duo cori arse,
né farà, credo. Omè, ma poche notti
fur a tanti desir sì brevi e scarse,

indarno a marital giogo condotti,
ché del nostro furor scuse non false,
e i legittimi nodi furon rotti.

Quel che sol più che tutto 'l mondo valse
ne dipartì con sue sante parole,
ché di nostri sospir nulla gli calse;

e benché fosse onde mi dolse e dole,
pur vidi in lui chiara virtute accesa,
ché 'n tutto è orbo chi non vede il sole.

Gran giustizia agli amanti è grave offesa:
però di tanto amico un tal consiglio
fu quasi un scoglio a l'amorosa impresa.

Padre m'era in onore, in amor figlio,
fratel negli anni; onde obedir convenne,
ma col cor tristo e con turbato ciglio.

Così questa mia cara a morte venne,
che vedendosi giunta in forza altrui,
morir in prima che servir sostenne:

et io del dolor mio ministro fui,
ché 'l pregator e i preghi eran sì ardenti
ch'offesi me per non offender lui,

e manda' le 'l velen con sì dolenti
pensier, com'io so bene, et ella il crede,
e tu, se tanto o quanto d'amor senti.

Pianto fu 'l mio di tanta sposa erede:
lei, et ogni mio bene, ogni speranza
perder elessi per non perder fede.

Ma cerca omai se trovi in questa danza
notabil cosa, perché 'l tempo è leve,
e più de l'opra che del giorno avanza. –

Pien di pietate, e ripensando 'l breve
spazio al gran foco di duo tali amanti,
pareami al sol aver un cor di neve;

quand'io udi' dir su nel passar avanti:
– Costui certo per sé già non mi spiace,
ma ferma son d'odiarli tutti quanti. –

– Pon – diss'io – il core, o Sofonisba, in pace,
ché Cartagine tua per le man nostre
tre volte cadde, et a la terza giace. –

Et ella: – Altro vogl'io che tu mi mostre:
s'Africa pianse, Italia non ne rise:
dimandatene pur l'istorie vostre. –

A tanto, il nostro e suo amico si mise,
sorridendo, con lei nella gran calca
e fur da lor le mie luci divise.

Come uom che per terren dubio cavalca,
che va restando ad ogni passo, e guarda,
e 'l pensier de l'andar molto difalca,

così l'andata mia dubiosa e tarda
facean gli amanti, di che ancor m'aggrada
saver quanto ciascun e in qual foco arda.

I' vidi ir a man manca un fuor di strada,
a guisa di chi brami e trovi cosa
onde poi vergognoso e lieto vada.

        Donar altrui la sua diletta sposa,
          o sommo amore e nova cortesia!
        tal ch'ella stessa lieta e vergognosa

        parea del cambio; e givansi per via
        parlando insieme de' lor dolci affetti,
          e sospirando il regno di Soria.

        Trassimi a que' tre spirti che ristretti
          eran già per seguire altro cammino,
        e dissi al primo: – I' prego che t'aspetti. –

        Et egli al suon del ragionar latino,
          turbato in vista, si rattenne un poco;
          e poi, del mio voler quasi indivino,

        disse: – Io Seleuco son, questi è Antïoco
        mio figlio, che gran guerra ebbe con voi;
          ma ragion contra forza non ha loco.

        Questa, mia in prima, sua donna fu poi,
          ché per scamparlo d'amorosa morte
          gliel diedi, e 'l don fu lecito tra noi.

        Stratonica è 'l suo nome, e nostra sorte,
          come vedi, indivisa; e per tal segno
        si vede il nostro amor tenace e forte,

        ch'è contenta costei lasciarme il regno,
          io il mio diletto, e questi la sua vita,
        per far, vie più che sé, l'un l'altro degno.

        E se non fosse la discreta aita
          del fisico gentil, che ben s'accorse,
          l'età sua in sul fiorir era finita.

        Tacendo, amando, quasi a morte corse,
          e l'amar forza, e 'l tacer fu virtute;
        la mia, vera pietà, ch'a lui soccorse. –

        Così disse; e come uom che voler mute,
          col fin de le parole i passi volse,
          ch'a pena gli potei render salute.

        Poi che dagli occhi miei l'ombra si tolse,
          rimasi grave e sospirando andai,
        ché 'l mio cor dal suo dir non si disciolse

        infin che mi fu detto: – Troppo stai
          in un penser a le cose diverse;
        e 'l tempo ch'è brevissimo ben sai. –

Non menò tanti armati in Grecia Serse
quant'ivi erano amanti ignudi e presi,
tal che l'occhio la vista non sofferse,

vari di lingue e vari di paesi,
tanto che di mille un non seppi 'l nome,
e fanno istoria que' pochi ch'intesi.

Perseo era l'uno, e volsi saper come
Andromeda gli piacque in Etiopia,
vergine bruna i begli occhi e le chiome;

ivi 'l vano amador che la sua propia
bellezza desiando fu distrutto,
povero sol per troppo averne copia,

che divenne un bel fior senz'alcun frutto;
e quella che, lui amando, ignuda voce
fecesi e 'l corpo un duro sasso asciutto;

ivi quell'altro al suo mal sì veloce,
Ifi, ch'amando altrui in odio s'ebbe,
con più altri dannati a simil croce,

gente cui per amar viver increbbe,
ove raffigurai alcun moderni
ch'a nominar perduta opra sarebbe.

Que' duo che fece Amor compagni eterni,
Alcïone e Ceìce, in riva al mare
far i lor nidi a' più soavi verni;

lungo costor pensoso Esaco stare
cercando Esperia, or sopra un sasso assiso,
et or sotto acqua, et or alto volare;

e vidi la crudel figlia di Niso
fuggir volando, e correr Atalanta,
da tre palle d'or vinta e d'un bel viso;

e seco Ipomenès che fra cotanta
turba d'amanti miseri cursori
sol di vittoria si rallegra e vanta.

Fra questi fabulosi e vani amori
vidi Aci e Galatea, che 'n grembo gli era,
e Polifemo farne gran romori;

Glauco ondeggiar per entro quella schiera,
senza colei cui sola par che pregi,
nomando un'altr'amante acerba e fera;

Canente e Pico, un già de' nostri regi,
or vago augello, e chi di stato il mosse
lasciògli 'l nome e 'l real manto e i fregi.

Vidi 'l pianto d'Egeria; invece d'osse
Scilla indurarsi in petra aspra et alpestra,
che del mar ciciliano infamia fosse;

e quella che la penna da man destra,
come dogliosa e desperata scriva,
e 'l ferro ignudo tien da la sinestra;

Pigmalïon con la sua donna viva;
e mille che Castalia et Aganippe
udir cantar per la sua verde riva;

e d'un pomo beffata al fin Cidippe.

III

Era sì pieno il cor di meraviglie
ch'i' stava come l'uom che non pò dire,
e tace, e guarda pur ch'altri 'l consiglie,

quando l'amico mio: – Che fai? che mire?
che pensi? – disse – non sai tu ben ch'io
son della turba? e' mi convien seguire. –
– Frate, – risposi – e tu sai l'esser mio,
e l'amor del saper che m'ha sì acceso
che l'opra è ritardata dal desio. –

Et egli: – I' t'avea già tacendo inteso:
tu vuoi udir chi son quest'altri ancora.
I' tel dirò, se 'l dir non è conteso.

Vedi quel grande il quale ogni uomo onora;
egli è Pompeo, et ha Cornelia seco,
che del vil Tolomeo si lagna e plora.

L'altro più di lontan, quell'è 'l gran Greco;
né vede Egisto e l'empia Clitemestra:
or puoi veder Amor s'egli è ben cieco.

Altra fede, altro amor: vedi Ipermestra,
vedi Piramo e Tisbe inseme a l'ombra,
Leandro in mare et Ero a la finestra.

Quel sì pensoso è Ulisse, affabile ombra,
che la casta mogliera aspetta e prega,
ma Circe, amando, gliel ritene e 'ngombra.

L'altro è 'l figliuol d'Amilcare, e nol piega
in cotant'anni Italia tutta e Roma;
vil feminella in Puglia il prende e lega.

Quella che 'l suo signor con breve coma
va seguitando, in Ponto fu reina:
come in atto servil se stessa doma!

L'altra è Porzia, che 'l ferro e 'l foco affina;
quell'altra è Giulia, e duolsi del marito
ch'a la seconda fiamma più s'inchina.

Volgi in qua gli occhi al gran padre schernito,
che non si muta, e d'aver non gli 'ncresce
sette e sette anni per Rachel servito:

vivace amor che negli affanni cresce!
Vedi 'l padre di questo, e vedi l'avo
come di sua magion sol con Sara esce.

Poi vedi come Amor crudele e pravo
vince Davit e sforzalo a far l'opra
onde poi pianga in loco oscuro e cavo.

Simile nebbia par ch'oscuri e copra
del più saggio figliuol la chiara fama
e 'l parta in tutto dal Signor di sopra.

De l'altro, che 'n un punto ama e disama,
vedi Tamar ch'al suo frate Absalone
disdegnosa e dolente si richiama.

Poco dinanzi a lei vedi Sansone,
vie più forte che saggio, che per ciance
in grembo a la nemica il capo pone.

Vedi qui ben fra quante spade e lance
Amor, e 'l sonno, et una vedovetta
con bel parlar, con sue polite guance,

vince Oloferne; e lei tornar soletta
con una ancilla e con l'orribil teschio,
Dio ringraziando, a mezza notte, in fretta.

Vedi Sichem e 'l suo sangue, ch'è meschio
de la circoncisione e de la morte,
e 'l padre colto e 'l popolo ad un veschio:

questo gli ha fatto il subito amar forte.
Vedi Assuero il suo amor in qual modo
va medicando a ciò che 'n pace il porte:

da l'un si scioglie, e lega a l'altro nodo:
cotal ha questa malizia rimedio,
come d'asse si trae chiodo con chiodo.

Vuo' veder in un cor diletto e tedio,
dolce et amaro? or mira il fero Erode;
Amore e crudeltà gli han posto assedio.

Vedi com'arde in prima, e poi si rode,
tardi pentito di sua feritate,
Marïanne chiamando che non l'ode.

Vedi tre belle donne innamorate,
Procri, Artemisia con Deidamia,
et altrettante ardite e scelerate,

Semiramìs, Biblì e Mirra ria;
come ciascuna par che si vergogni
de la sua non concessa e torta via!

Ecco quei che le carte empion di sogni,
Lancilotto, Tristano e gli altri erranti,
ove conven che 'l vulgo errante agogni.

Vedi Ginevra, Isolda e l'altre amanti,
e la coppia d'Arimino che 'nseme
vanno facendo dolorosi pianti. –

Così parlava; et io, come chi teme
futuro male e trema anzi la tromba,
sentendo già dov'altri anco nol preme,

avea color d'uom tratto d'una tomba;
quando una giovinetta ebbi dal lato,
pura assai più che candida colomba.

Ella mi prese; et io, ch'avrei giurato
difendermi d'un uom coverto d'arme,
con parole e con cenni fui legato.

E come ricordar di vero parme,
l'amico mio più presso mi si fece,
e con un riso, per più doglia darme,

dissemi entro l'orecchia: – Ormai ti lece
per te stesso parlar con chi ti piace,
ché tutti siam macchiati d'una pece. –

Io era un di color cui più dispiace
de l'altrui ben che del suo mal, vedendo
chi m'avea preso in libertate e 'n pace;

e, come tardi dopo 'l danno intendo,
di sue bellezze mia morte facea,
d'amor, di gelosia, d'invidia ardendo.

Gli occhi dal suo bel viso non torcea,
come uom ch'è infermo e di tal cosa ingordo
ch'è dolce al gusto, a la salute è rea.

Ad ogni altro piacer cieco era e sordo,
seguendo lei per sì dubbiosi passi
ch' i' tremo ancor qualor me ne ricordo.

Da quel tempo ebbi gli occhi umidi e bassi,
e 'l cor pensoso, e solitario albergo
fonti, fiumi, montagne, boschi e sassi;

da indi in qua cotante carte aspergo
di pensieri e di lagrime e d'inchiostro,
tante ne squarcio, e n'apparecchio, e vergo;

da indi in qua so che si fa nel chiostro
d'Amor, e che si teme, e che si spera,
e, chi sa legger, ne la fronte il mostro;

e veggio andar quella leggiadra fera
non curando di me né di mie pene,
di sue vertuti e di mie spoglie altera.

Da l'altra parte, s'io discerno bene,
questo signor, che tutto 'l mondo sforza,
teme di lei, ond'io son fuor di spene;

ch'a mia difesa non ho ardir né forza,
e quello in ch'io sperava lei lusinga,
che me e gli altri crudelmente scorza.

Costei non è chi tanto o quanto stringa,
così selvaggia e rebellante suole
da le 'nsegne d'Amore andar solinga;

e veramente è fra le stelle un sole.
Un singular suo proprio portamento,
suo riso, suoi disdegni e sue parole,

le chiome accolte in oro o sparse al vento,
gli occhi, ch'accesi d'un celeste lume
m'infiamman sì ch' i' son d'arder contento...!

Chi poria 'l mansueto alto costume
aguagliar mai parlando, e la vertute,
ov'è 'l mio stil quasi al mar picciol fiume?

Nove cose e già mai più non vedute,
né da veder già mai più d'una volta,
ove tutte le lingue sarien mute.

Così preso mi trovo, et ella è sciolta;
io prego giorno e notte, o stella iniqua!
et ella a pena di mille uno ascolta.

Dura legge d'Amor! ma benché obliqua,
servar convensi, però ch'ella aggiunge
di cielo in terra, universale, antiqua.

Or so come da sé 'l cor si disgiunge,
e come sa far pace, guerra e tregua,
e coprir suo dolor quand'altri il punge;

e so come in un punto si dilegua
e poi si sparge per le guance il sangue,
se paura o vergogna aven che 'l segua;

so come sta tra' fiori ascoso l'angue,
come sempre tra due si vegghia e dorme,
come senza languir si more e langue;

so de la mia nemica cercar l'orme
e temer di trovarla, e so in qual guisa
l'amante ne l'amato si trasforme;

so fra lunghi sospiri e brevi risa
stato, voglia, color cangiare spesso;
viver, stando dal cor l'alma divisa;

so mille volte il dì ingannar me stesso;
so, seguendo 'l mio foco ovunque e' fugge,
arder da lunge ed agghiacciar da presso;
so come Amor sovra la mente rugge,
e come ogni ragione indi discaccia,
e so in quante maniere il cor si strugge;

so di che poco canape s'allaccia
un'anima gentil quand'ella è sola
e non v'è chi per lei difesa faccia;

so com'Amor saetta e come vola,
e so com'or minaccia et or percote,
come ruba per forza e come invola,

e come sono instabili sue rote,
le mani armate, e gli occhi avolti in fasce,
sue promesse di fé come son vote,

come nell'ossa il suo foco si pasce
e ne le vene vive occulta piaga,
onde morte e palese incendio nasce.

Insomma so che cosa è l'alma vaga,
rotto parlar con subito silenzio,
che poco dolce molto amaro appaga,

di che s'ha il mel temprato con l'assenzio

IV

Poscia che mia fortuna in forza altrui
m'ebbe sospinto, e tutti incisi i nervi
di libertate ov'alcun tempo fui,

io, ch'era più salvatico che i cervi,
ratto domesticato fui con tutti
i miei infelici e miseri conservi;

e le fatiche lor vidi e i lor frutti,
per che torti sentieri e con qual arte
a l'amorosa greggia eran condutti.

Mentre io volgeva gli occhi in ogni parte
s' i' ne vedessi alcun di chiara fama
o per antiche o per moderne carte,

vidi colui che sola Euridice ama,
lei segue a l'inferno e, per lei morto,
con la lingua già fredda anco la chiama.

Alceo conobbi, a dir d'Amor sì scorto,
Pindaro, Anacreonte, che rimesse
ha le sue muse sol d'Amore in porto;

Virgilio vidi, e parmi ch'egli avesse
compagni d'alto ingegno e da trastullo,
di quei che volentier già 'l mondo lesse:

l'uno era Ovidio e l'altro era Catullo,
l'altro Properzio, che d'amor cantaro
fervidamente, e l'altro era Tibullo.

Una giovene Greca a paro a paro
coi nobili poeti iva cantando,
et avea un suo stil soave e raro.

Così, or quinci or quindi rimirando,
vidi gente ir per una verde piaggia
pur d'amor volgarmente ragionando.

Ecco Dante e Beatrice, ecco Selvaggia,
ecco Cin da Pistoia, Guitton d'Arezzo,
che di non esser primo par ch' ira aggia;

ecco i duo Guidi che già fur in prezzo,
Onesto Bolognese, e i Ciciliani,
che fur già primi e quivi eran da sezzo,

Sennuccio e Franceschin, che fur sì umani
come ogni uom vide; e poi v'era un drappello
di portamenti e di volgari strani:

fra tutti il primo Arnaldo Danïello,
gran maestro d'amor, ch'a la sua terra
ancor fa onor col suo dir strano e bello;

eranvi quei ch'Amor sì leve afferra,
l'un Piero e l'altro e 'l men famoso Arnaldo,
e quei che fur conquisi con più guerra:

i' dico l'uno e l'altro Raimbaldo
che cantò pur Beatrice e Monferrato,
e 'l vecchio Pier d'Alvernia con Giraldo,

Folco, que' ch'a Marsilia il nome ha dato
et a Genova tolto, et a l'estremo
cangiò per miglior patria abito e stato,

Giaufrè Rudel, ch'usò la vela e 'l remo
a cercar la sua morte, e quel Guiglielmo
che per cantare ha 'l fior de' suoi dì scemo,

Amerigo, Bernardo, Ugo e Gauselmo;
e molti altri ne vidi a cui la lingua
lancia e spada fu sempre e targia ed elmo.

E poi conven che 'l mio dolor distingua,
volsimi a' nostri, e vidi 'l buon Tomasso,
ch'ornò Bologna et or Messina impingua.

O fugace dolcezza! o viver lasso!
Chi mi ti tolse sì tosto dinanzi,
senza 'l qual non sapea mover un passo?

dove se' or, che meco eri pur dianzi?
Ben è 'l viver mortal, che sì n'aggrada,
sogno d'infermi e fola di romanzi.

Poco era fuor de la comune strada,
quando Socrate e Lelio vidi in prima:
con lor più lunga via conven ch'io vada.

O qual coppia d'amici! che né 'n rima
poria né 'n prosa ornar assai né 'n versi,
se, come dee, virtù nuda si stima.

Con questi duo cercai monti diversi,
andando tutti tre sempre ad un giogo;
a questi le mie piaghe tutte apersi;

da costor non mi pò tempo né luogo
divider mai, siccome io spero e bramo,
infino al cener del funereo rogo;

con costor colsi 'l glorïoso ramo,
onde forse anzi tempo ornai le tempie
in memoria di quella ch'io tanto amo.

Ma pur di lei, che 'l cor di pensier m'empie,
non potei coglier mai ramo né foglia,
sì fur le sue radici acerbe et empie;

onde benché talor doler mi soglia
com'uom ch'è offeso, quel che con questi occhi
vidi m'è fren che mai più non mi doglia:

materia di coturni e non di socchi
veder preso colui ch'è fatto deo
da tardi ingegni rintuzzati e sciocchi:

ma prima vo' seguir che di noi feo,
e poi dirò quel che d'altrui sostenne:
opra non mia, d'Omero ovver d'Orfeo.

Seguimmo il suon delle purpuree penne
de' volanti corsier per mille fosse,
fin che nel regno di sua madre venne;

né rallentate le catene o scosse,
ma straccati per selve e per montagne,
tal che nessun sapea 'n qual mondo fosse.

Giace oltra ove l'Egeo sospira e piagne
un'isoletta delicata e molle
più d'altra che 'l sol scalde o che 'l mar bagne;

nel mezzo è un ombroso e chiuso colle
con sì soavi odor, con sì dolci acque,
ch'ogni maschio pensier de l'alma tolle.

Questa è la terra che cotanto piacque
a Venere, e 'n quel tempo a lei fu sagra
che 'l ver nascoso e sconosciuto giacque;

et anco è di valor sì nuda e magra,
tanto ritien del suo primo esser vile,
che par dolce a' cattivi et a' buoni agra.

Or quivi triunfò il signor gentile
di noi e degli altri tutti ch' ad un laccio
presi avea dal mar d'India a quel di Tile:

pensieri in grembo e vanitadi in braccio,
diletti fuggitivi e ferma noia,
rose di verno, a mezza state il ghiaccio,

dubbia speme davanti e breve gioia,
penitenzia e dolor dopo le spalle:
sallo il regno di Roma e quel di Troia.

E rimbombava tutta quella valle
d'acque e d'augelli, et eran le sue rive
bianche, verdi, vermiglie, perse e gialle;

rivi correnti di fontane vive
al caldo tempo su per l'erba fresca,
e l'ombra spessa, e l'aure dolci estive;

poi, quand'è 'l verno e l'aer si rinfresca,
tepidi soli, e giuochi, e cibi, et ozio
lento, che i semplicetti cori invesca.

Era ne la stagion che l'equinozio
fa vincitor il giorno, e Progne riede
con la sorella al suo dolce negozio.

O di nostre fortune instabil fede!
In quel loco e 'n quel tempo et in quell'ora
che più largo tributo agli occhi chiede,

triunfar volse que' che 'l vulgo adora:
e vidi a qual servaggio et a qual morte,
a quale strazio va chi s'innamora.

Errori e sogni et imagini smorte
eran d'intorno a l'arco triunfale,
e false opinïoni in su le porte,

e lubrico sperar su per le scale,
e dannoso guadagno, ed util danno,
e gradi ove più scende chi più sale;

stanco riposo e riposato affanno,
chiaro disnore e gloria oscura e nigra,
perfida lealtate e fido inganno,

sollicito furor e ragion pigra:
carcer ove si ven per strade aperte,
onde per strette a gran pena si migra;

ratte scese a l'entrare, a l'uscir erte;
dentro, confusïon turbida e mischia
di certe doglie e d'allegrezze incerte.

Non bollì mai Vulcan, Lipari od Ischia,
Strongoli o Mongibello in tanta rabbia:
poco ama sé chi 'n tal gioco s'arrischia.

In così tenebrosa e stretta gabbia
rinchiusi fummo, ove le penne usate
mutai per tempo e la mia prima labbia;

e 'ntanto, pur sognando libertate,
l'alma, che 'l gran desio fea pronta e leve,
consolai col veder le cose andate.

Rimirando er'io fatto al sol di neve
tanti spirti e sì chiari in carcer tetro,
quasi lunga pittura in tempo breve,

che 'l più va inanzi, e l'occhio torna a dietr

TRIUMPHUS PUDICITIE

Trionfo della Pudicizia

Quando ad un giogo ed in un tempo quivi
dòmita l'alterezza degli dèi
e degli uomini vidi al mondo divi,

i' presi esempio de' lor stati rei,
facendo mio profitto l'altrui male
in consolar i casi e i dolor mei;

ché s'io veggio d'un arco e d'uno strale
Febo percosso e 'l giovene d'Abido,
l'un detto deo, l'altro uom puro mortale,

e veggio ad un lacciuol Giunone e Dido,
ch'amor pio del suo sposo a morte spinse,
non quel d'Enea com'è 'l publico grido,

non mi debb'io doler s'altri mi vinse
giovene, incauto, disarmato e solo.
E se la mia nemica Amor non strinse,

non è ancor giusta assai cagion di duolo,
ché in abito il rividi ch'io ne piansi,
sì tolte gli eran l'ali e 'l gire a volo.

Non con altro romor di petto dansi
duo leon feri, o duo folgori ardenti
che cielo e terra e mar dar loco fansi,

ch'i' vidi Amor con tutti suo' argomenti
mover contra colei di ch'io ragiono,
e lei presta assai più che fiamme o venti.

Non fan sì grande e sì terribil sòno
Etna qualor da Encelado è più scossa,
Scilla e Caribdi quando irate sono,

che via maggiore in su la prima mossa
non fosse del dubbioso e grave assalto,
ch'i' non cre' che ridir sappia né possa.

Ciascun per sé si ritraeva in alto
per veder meglio, e l'orror de l'impresa
i cori e gli occhi avea fatti di smalto.

Quel vincitor che primo era a l'offesa,
da man dritta lo stral, da l'altra l'arco,
e la corda a l'orecchia avea già stesa.

Non corse mai sì levemente al varco
d'una fugace cerva un leopardo
libero in selva o di catene scarco,

che non fosse stato ivi lento e tardo;
tanto Amor pronto venne a lei ferire
ch'al volto à le faville ond'io tutto ardo.

Combattea in me co la pietà il desire,
ché dolce m'era sì fatta compagna,
duro a vederla in tal modo perire.

Ma vertù che da' buon non si scompagna
mostrò a quel punto ben come a gran torto
chi abbandona lei d'altrui si lagna,

ché già mai schermidor non fu sì accorto
a schifar colpo, né nocchier sì presto
a volger nave dagli scogli in porto,

come uno schermo intrepido et onesto
subito ricoverse quel bel viso
dal colpo, a chi l'attende, agro e funesto.

Io era al fin cogli occhi e col cor fiso,
sperando la vittoria ond'esser sòle,
e di non esser più da lei diviso.

Come chi smisuratamente vole,
ch'ha scritte, inanzi ch'a parlar cominci,
negli occhi e ne la fronte le parole,

volea dir io: – Signor mio, se tu vinci
legami con costei, s'io ne son degno;
né temer che già mai mi scioglia quinci! –,

quand'io 'l vidi pien d'ira e di disdegno
sì grave, ch'a ridirlo sarien vinti
tutti i maggior, non che 'l mio basso ingegno;

ché già in fredda onestate erano estinti
i dorati suoi strali accesi in fiamma
d'amorosa beltate e 'n piacer tinti.

Non ebbe mai di vero valor dramma
Camilla e l'altre andar use in battaglia
con la sinistra sola intera mamma,

non fu sì ardente Cesare in Farsaglia
contra 'l genero suo, com'ella fue
contra colui ch'ogni lorica smaglia.

Armate eran con lei tutte le sue
chiare Virtuti (o gloriosa schiera!)
e teneansi per mano a due a due.

Onestate e Vergogna a la fronte era,
nobile par de le vertù divine
che fan costei sopra le donne altera;

Senno e Modestia a l'altre due confine,
Abito con Diletto in mezzo 'l core,
Perseveranza e Gloria in su la fine;

Bella Accoglienza, Accorgimento fore,
Cortesia intorno intorno e Puritate,
Timor d'infamia e Desio sol d'onore,

Penser canuti in giovenile etate,
e, la concordia ch'è sì rara al mondo,
v'era con Castità somma Beltate.

Tal venia contr'Amore e 'n sì secondo
favor del cielo e de le ben nate alme,
che de la vista e' non sofferse il pondo.

Mille e mille famose e care salme
torre gli vidi, e scuotergli di mano
mille vittorïose e chiare palme.

Non fu 'l cader di subito sì strano
dopo tante vittorie ad Aniballe
vinto a la fin dal giovine Romano;

non giacque sì smarrito ne la valle
di Terebinto quel gran Filisteo
a cui tutto Israel dava le spalle,

al primo sasso del garzon ebreo;
né Ciro in Scizia, ove la vedova orba
la gran vendetta e memorabil feo.

Com'uom ch'è sano e 'n un momento ammorba,
che sbigottisce e duolsi, o colto in atto
che vergogna con man dagli occhi forba,

cotale era egli, e tanto a peggior patto,
che paura e dolor, vergogna et ira
eran nel volto suo tutte ad un tratto.

Non freme così 'l mar quando s'adira,
non Inarime allor che Tifeo piagne,
non Mongibel s'Encelado sospira.

Passo qui cose glorïose e magne
ch'io vidi e dir non oso: a la mia donna
vengo et a l'altre sue minor compagne.

Ell'avea in dosso, il dì, candida gonna,
lo scudo in man che mal vide Medusa.
D'un bel dïaspro er' ivi una colonna,

a la qual d'una in mezzo Lete infusa
catena di diamante e di topazio,
che s'usò fra le donne, oggi non s'usa,

legarlo vidi, e farne quello strazio
che bastò ben a mille altre vendette;
ed io per me ne fui contento e sazio.

I' non poria le sacre e benedette
vergini ch'ivi fur chiudere in rima,
non Calliope e Clio con l'altre sette;

ma d'alquante dirò che 'n su la cima
son di vera onestate; infra le quali
Lucrezia da man destra era la prima,

l'altra Penelopè: queste gli strali
avean spezzato e la faretra a lato
a quel protervo, e spennachiato l'ali.

Verginia appresso e 'l fero padre armato
di disdegno e di ferro e di pietate,
ch'a sua figlia et a Roma cangiò stato,

l'una e l'altra ponendo in libertate;
poi le Tedesche che con aspra morte
servaron lor barbarica onestate;

Judith ebrea, la saggia, casta e forte,
e quella Greca che saltò nel mare
per morir netta e fuggir dura sorte.

Con queste e con certe altre anime chiare
triunfar vidi di colui che pria
veduto avea del mondo triunfare.

Fra l'altre la vestal vergine pia
che baldanzosamente corse al Tibro,
e per purgarsi d'ogni fama ria

portò del fiume al tempio acqua col cribro;
poi vidi Ersilia con le sue Sabine,
schiera che del suo nome empie ogni libro;

poi vidi, fra le donne pellegrine,
quella che per lo suo diletto e fido
sposo, non per Enea, volse ire al fine

(taccia 'l vulgo ignorante); io dico Dido,
cui studio d'onestate a morte spinse,
non vano amor com'è 'l publico grido.

Al fin vidi una che si chiuse e strinse
sovra Arno per servarsi; e non le valse,
ché forza altrui il suo bel penser vinse.

Era 'l trionfo dove l'onde salse
percoton Baia, ch'al tepido verno
giuns'e a man destra in terra ferma salse.

Indi, fra monte Barbaro et Averno,
l'antichissimo albergo di Sibilla
lassando, se n'andar dritto a Literno.

In così angusta e solitaria villa
era il grand'uom che d'Affrica s'appella,
perché prima col ferro al vivo aprilla.

Qui de l'ostile onor l'alta novella,
non scemato cogli occhi, a tutti piacque,
e la più casta v'era la più bella.

Né 'l trionfo non suo seguire spiacque
a lui che, se credenza non è vana,
sol per trionfi e per imperi nacque.

Così giugnemmo alla città sovrana,
nel tempio pria che dedicò Sulpizia
per spegner ne la mente fiamma insana.

Passammo al tempio poi di Pudicizia,
ch'accende in cor gentil oneste voglie,
non di gente plebeia ma di patrizia.

Ivi spiegò le glorïose spoglie
la bella vincitrice, ivi depose
le sue vittorïose e sacre foglie;

e 'l giovene Toscan che non ascose
le belle piaghe che 'l fer non sospetto,
del comune nemico in guardia pose

con parecchi altri (e fummi 'l nome detto
d'alcun di lor, come mia scorta seppe)
ch'avean fatto ad Amor chiaro disdetto:

fra gli altri vidi Ippolito e Joseppe

TRIUMPHUS MORTIS

Trionfo della Morte

I

Quella leggiadra e glorïosa donna,
ch'è oggi ignudo spirto e poca terra
e fu già di valor alta colonna,

tornava con onor da la sua guerra,
allegra, avendo vinto il gran nemico,
che con suo' ingegni tutto 'l mondo atterra,

non con altr'arme che col cor pudico
e d'un bel viso e de' pensieri schivi,
d'un parlar saggio e d'onestate amico.

Era miracol novo a veder ivi
rotte l'arme d'Amore, arco e saette,
e tal morti da lui, tal presi e vivi.

La bella donna e le compagne elette,
tornando da la nobile vittoria,
in un bel drappelletto ivan ristrette.

Poche eran, perché rara è vera gloria;
ma ciascuna per sé parea ben degna
di poema chiarissimo e d'istoria.

Era la lor vittorïosa insegna
in campo verde un candido ermellino,
ch'oro fino e topazi al collo tegna.

Non uman veramente, ma divino
lor andar era e lor sante parole:
beato s'è qual nasce a tal destino.

Stelle chiare pareano; in mezzo, un sole
che tutte ornava e non togliea lor vista;
di rose incoronate e di viole.

E come gentil cor onore acquista,
così venia quella brigata allegra,
quando vidi un'insegna oscura e trista:

et una donna involta in veste negra,
con un furor qual io non so se mai
al tempo de' giganti fusse a Flegra,

si mosse e disse: – O tu, donna, che vai
di gioventute e di bellezze altera,
e di tua vita il termine non sai,

io son colei che sì importuna e fera
chiamata son da voi, e sorda e cieca
gente a cui si fa notte inanzi sera.

Io ho condotto al fin la gente greca
e la troiana, a l'ultimo i Romani,
con la mia spada la qual punge e seca,

e popoli altri barbareschi e strani;
e giugnendo quand'altri non m'aspetta,
ho interrotti mille penser vani.

Or a voi, quando il viver più diletta,
drizzo il mio corso inanzi che Fortuna
nel vostro dolce qualche amaro metta. –

– In costor non hai tu ragione alcuna,
ed in me poca; solo in questa spoglia
(rispose quella che fu nel mondo una).

Altri so che n'avrà più di me doglia,
la cui salute dal mio viver pende;
a me fia grazia che di qui mi scioglia. –

Qual è chi 'n cosa nova gli occhi intende,
e vede ond'al principio non s'accorse,
di ch'or si meraviglia e si riprende,

tal si fe' quella fera, e poi che 'n forse
fu stata un poco: – Ben le riconosco, –
disse – e so quando 'l mio dente le morse. –

Poi col ciglio men torbido e men fosco
disse: – Tu che la bella schiera guidi
pur non sentisti mai del mio tosco.

Se del consiglio mio punto ti fidi,
ché sforzar posso, egli è pur il migliore
fuggir vecchiezza e' suoi molti fastidi.

I' son disposta a farti un tal onore
qual altrui far non soglio, e che tu passi
senza paura e senz'alcun dolore. –

– Come piace al Signor che 'n cielo stassi
et indi regge e tempra l'universo,
farai di me quel che degli altri fassi. –

Così rispose: ed ecco da traverso
piena di morti tutta la campagna,
che comprender nol pò prosa né verso;

da India, dal Cataio, Marrocco e Spagna
el mezzo avea già pieno e le pendici
per molti tempi quella turba magna.

Ivi eran quei che fur detti felici,
pontefici, regnanti, imperadori;
or sono ignudi, miseri e mendici.

U' sono or le ricchezze? u' son gli onori
e le gemme e gli scettri e le corone
e le mitre e i purpurei colori?

Miser chi speme in cosa mortal pone
(ma chi non ve la pone?), e se si trova
a la fine ingannato è ben ragione.

O ciechi, el tanto affaticar che giova?
Tutti tornate a la gran madre antica,
e 'l vostro nome a pena si ritrova.

Pur de le mill' è un'utile fatica,
che non sian tutte vanità palesi?
Chi intende a' vostri studii sì mel dica.

Che vale a soggiogar gli altrui paesi
e tributarie far le genti strane
cogli animi al suo danno sempre accesi?

Dopo l'imprese perigliose e vane,
e col sangue acquistar terre e tesoro,
vie più dolce si trova l'acqua e 'l pane,

e 'l legno e 'l vetro che le gemme e l'oro.
Ma per non seguir più sì lungo tema,
tempo è ch'io torni al mio primo lavoro.

I' dico che giunta era l'ora estrema
di quella breve vita glorïosa,
e 'l dubbio passo di che 'l mondo trema,

et a vederla un'altra valorosa
schiera di donne non dal corpo sciolta,
per saper s'esser pò Morte pietosa.

Quella bella compagna era ivi accolta
pure a vedere e contemplare il fine
che far convensi, e non più d'una volta:

tutte sue amiche e tutte eran vicine.
Allor di quella bionda testa svelse
Morte co la sua mano un aureo crine:

così del mondo il più bel fiore scelse,
non già per odio, ma per dimostrarsi
più chiaramente ne le cose eccelse.

Quanti lamenti lagrimosi sparsi
fur ivi, essendo que' belli occhi asciutti
per ch'io lunga stagion cantai et arsi!

E fra tanti sospiri e tanti lutti
tacita e sola lieta si sedea,
del suo ben viver già cogliendo i frutti.

– Vattene in pace, o vera mortal dea! –
diceano; e tal fu ben, ma non le valse
contra la Morte in sua ragion sì rea.

Che fia de l'altre, se questa arse et alse
in poche notti e sì cangiò più volte?
O umane speranze cieche e false!

Se la terra bagnar lagrime molte
per la pietà di quella alma gentile,
chi 'l vide il sa; tu 'l pensa che l'ascolte.

L'ora prima era, il dì sesto d'aprile,
che già mi strinse, et or, lasso, mi sciolse:
come Fortuna va cangiando stile!

Nessun di servitù giammai si dolse,
né di morte, quant'io di libertate
e de la vita ch'altri non mi tolse.

Debito al mondo e debito a l'etate,
cacciar me innanzi ch'ero giunto in prima,
né a lui torre ancor sua dignitate.

Or qual fusse il dolor qui non si stima,
ch'a pena oso pensarne, non ch'io sia
ardito di parlarne in versi o 'n rima.

– Virtù more, bellezza e leggiadria! –
le belle donne intorno al casto letto
triste diceano – Omai di noi che fia?

chi vedrà mai in donna atto perfetto?
chi udirà il parlar di saver pieno
e 'l canto pien d'angelico diletto? –

Lo spirto, per partir di quel bel seno,
con tutte sue virtuti, in sé romito,
fatto avea in quella parte il ciel sereno.

Nessun degli avversari fu sì ardito
ch'apparisse già mai con vista oscura
fin che Morte il suo assalto ebbe fornito.

Poi che deposto il pianto e la paura
pur al bel volto era ciascuna intenta,
per desperazïon fatta sicura,

non come fiamma che per forza è spenta,
ma che per sé medesma si consume,
se n'andò in pace l'anima contenta,

a guisa d'un soave e chiaro lume
cui nutrimento a poco a poco manca,
tenendo al fine il suo caro costume.

Pallida no, ma più che neve bianca
che senza venti in un bel colle fiocchi,
parea posar come persona stanca.

Quasi un dolce dormir ne' suo' belli occhi,
sendo lo spirto già da lei diviso,
era quel che morir chiaman gli sciocchi:

Morte bella parea nel suo bel viso

.

II

La notte che seguì l'orribil caso
che spense il sole, anzi 'l ripose in cielo,
di ch'io son qui come uom cieco rimaso,

spargea per l'aere il dolce estivo gelo
che con la bianca amica di Titone
suol da' sogni confusi torre il velo,

quando donna sembiante a la stagione,
di gemme orïentali incoronata,
mosse ver me da mille altre corone;

e quella man già tanto desiata
a me parlando e sospirando porse,
onde eterna dolcezza al cor m'è nata:

– Riconosci colei che 'n prima torse
i passi tuoi dal publico viaggio? –
Come 'l cor giovenil di lei s'accorse,

così, pensosa, in atto umile e saggio,
s'assise, e seder femmi in una riva
la qual ombrava un bel lauro ed un faggio.

– Come non conosco io l'alma mia diva? –
risposi in guisa d'uom che parla e plora
– Dimmi pur, prego, s' tu se' morta o viva. –

– Viva son io, e tu se' morto ancora, –
diss'ella – e sarai sempre, infin che giunga
per levarti di terra l'ultima ora.

Ma 'l tempo è breve e nostra voglia è lunga;
però t'avvisa, e 'l tuo dir stringi e frena,
anzi che 'l giorno, già vicin, n'aggiunga. –

Et io: – Al fin di questa altra serena
ch'ha nome vita, che per prova il sai,
deh, dimmi se 'l morir è sì gran pena. –

Rispose: – Mentre al vulgo dietro vai
et a la opinïon sua cieca e dura,
esser felice non puoi tu già mai.

La morte è fin d'una pregione oscura
a l'anime gentili; a l'altre è noia,
ch'hanno posto nel fango ogni lor cura.

Et ora il morir mio, che sì t'annoia,
ti farebbe allegrar, se tu sentissi
la millesima parte di mia gioia. –

Così parlava, e gli occhi avea al ciel fissi
devotamente; poi mosse in silenzio
quelle labbra rosate infin ch'i' dissi:

– Silla, Mario, Neron, Gaio e Mezenzio,
fianchi, stomachi e febri ardenti fanno
parer la morte amara più ch'assenzio. –

– Negar – disse – non posso che l'affanno
che va inanzi al morir non doglia forte,
e più la tema de l'eterno danno:

ma pur che l'alma in Dio si riconforte,
e 'l cor che 'n sé medesmo forse è lasso,
che altro ch'un sospir breve è la morte?

Io aveva già vicin l'ultimo passo,
la carne inferma, e l'anima ancor pronta,
quando udi' dir in un son tristo e basso:

«O misero colui che' giorni conta,
e pargli l'un mille anni! Indarno vive,
ché seco in terra mai non si raffronta;

e cerca 'l mare e tutte le sue rive,
e sempre un stil, ovunque fusse, tenne:
sol di lei pensa, o di lei parla o scrive».

Allora in quella parte onde 'l suon venne
gli occhi languidi volgo, e veggio quella
che amò noi, me sospinse e te ritenne.

Riconobbila al volto e a la favella,
che spesso ha già 'l mio cor racconsolato,
or grave e saggia, allor onesta e bella.

E quando io fui nel mio più bello stato,
ne l'età mia pia verde, a te più cara,
ch'a dire et a pensare a molti ha dato,

mi fu la vita poco men ch'amara
a rispetto di quella mansueta
e dolce morte ch'a' mortali è rara;

ché 'n tutto quel mio passo er'io più lieta
che qual d'esilio al dolce albergo riede;
se non che mi stringea di te sol pieta. –

– Deh, madonna, – diss'io – per quella fede
che vi fu, credo, al tempo manifesta,
or più nel volto di chi tutto vede,

creovvi Amor pensier mai ne la testa
d'aver pietà del mio lungo martire,
non lasciando vostr'alta impresa onesta?

che' vostri dolci sdegni e le dolci ire,
le dolci paci ne' belli occhi scritte,
tenner molti anni in dubbio il mio desire. –

A pena ebb'io queste parole ditte,
ch'io vidi lampeggiar quel dolce riso
ch'un sol fu già di mie virtuti afflitte.

Poi disse sospirando: – Mai diviso
da te non fu 'l mio cor, né già mai fia;
ma temprai la tua fiamma col mio viso,

perché a salvar te e me null'altra via
era e la nostra giovenetta fama;
né per ferza è però madre men pia.

Quante volte diss'io meco: «Questi ama,
anzi arde: or si conven ch'a ciò provveggia,
e mal pò provveder chi teme o brama.

Quel di fuor miri, e quel dentro non veggia».
Questo fu quel che ti rivolse e strinse
spesso, come caval fren, che vaneggia.

Più di mille fïate ira dipinse
il volto mio ch'Amor ardeva il core;
ma voglia in me ragion già mai non vinse.

Poi se vinto ti vidi dal dolore,
drizzai in te gli occhi allor soavemente,
salvando la tua vita e 'l nostro onore;

e se fu passïon troppo possente,
e la fronte e la voce a salutarti
mossi, et or timorosa et or dolente.

Questi fur teco miei ingegni e mie arti:
or benigne accoglienze et ora sdegni
(tu 'l sai che n'hai cantato in molte parti),

ch'i' vidi gli occhi tuoi talor sì pregni
di lagrime, ch' i' dissi: «Questi è corso,
chi non l'aita, sì 'l conosco ai segni»:

allor provvidi d'onesto soccorso;
talor ti vidi tali sproni al fianco,
ch' i' dissi: «Qui conven più duro morso».

Così, caldo, vermiglio, freddo e bianco,
or tristo, or lieto, infin qui t'ho condutto
salvo, ond'io mi rallegro, benché stanco. –

Et io: – Madonna, assai fora gran frutto
questo d'ogni mia fé, pur ch' i' 'l credessi –
dissi tremando e non col viso asciutto.

– Di poca fede! Or io, se nol sapessi,
se non fosse ben ver, perché 'l direi? –
rispose, e 'n vista parve s'accendessi.

– S'al mondo tu piacesti agli occhi miei,
questo mi taccio; pur quel dolce nodo
mi piacque assai che intorno al cor avei;

e piacemi il bel nome, se vero odo,
che lunge e presso col tuo dir m'acquisti;
né mai in tuo amor richiesi altro che 'l modo.

Quel mancò solo; e mentre in atti tristi
volei mostrarmi quel ch' i' vedea sempre,
il tuo cor chiuso a tutto 'l mondo apristi.

Quinci il mio gelo, onde ancor ti distempre;
ché concordia era tal de l'altre cose,
qual giunge Amor, pur ch'onestate il tempre.

Fur quasi eguali in noi fiamme amorose,
almen poi ch' i' m'avvidi del tuo foco;
ma l'un le palesò, l'altro l'ascose.

Tu eri di mercé chiamar già roco,
quando tacea, perché vergogna e tema
facean molto desir parer sì poco.

Non è minor il duol perch'altri il prema,
né maggior per andarsi lamentando;
per fizïon non cresce il ver né scema.

Ma non si ruppe almen ogni vel, quando
soli i tuo' detti, te presente, accolsi,
Dir più non osa il nostro amor cantando?

Teco era il core, a me gli occhi raccolsi;
di ciò, come d'iniqua parte, duolti,
se 'l meglio e 'l più ti diedi, e 'l men ti tolsi!

né pensi che, perché ti fossin tolti
ben mille volte, e più di mille e mille
renduti e con pietate a te fur volti.

E state foran lor luci tranquille
sempre ver te, se non ch'ebbi temenza
de le pericolose tue faville.

Più ti vo' dir per non lasciarti senza
una conclusïon che a te fia grata
forse d'udir in su questa partenza:

in tutte l'altre cose assai beata;
in una sola a me stessa dispiacqui,
che 'n troppo umil terren mi trovai nata.

Duolmi ancor veramente ch' i' non nacqui
almen più presso al tuo fiorito nido;
ma assai fu bel paese ond'io ti piacqui,

ché potea il cor del qual sol io mi fido,
volgersi altrove, a te essendo ignota,
ond'io fora men chiara e di men grido. –

– Questo no – rispos'io – perché la rota
terza del ciel m'alzava a tanto amore,
ovunque fusse, stabile et immota! –

– Or così sia – diss'ella. – I' n'ebbi onore
ch'ancor mi segue; ma per tuo diletto
tu non t'accorgi del fuggir de l'ore.

Vedi l'Aurora de l'aurato letto
rimenar ai mortali il giorno, e 'l sole
già fuor de l'oceano infin al petto.

Questa vien per partirne, onde mi dole.
S'a dir hai altro, studia d'esser breve,
e col tempo dispensa le parole. –

– Quant'io soffersi mai, soave e leve –
dissi – m'ha fatto il parlar dolce e pio;
ma 'l viver senza voi m'è duro e greve.

Però saper vorrei, madonna, s'io
son per tardi seguirvi, o se per tempo. –
Ella, già mossa, disse: – Al creder mio,

tu starai in terra senza me gran tempo

TRIUMPHUS FAME

Trionfo della Fama

I

Da poi che Morte triunfò nel volto
che di me stesso triunfar solea,
e fu del nostro mondo il suo sol tolto,

partissi quella dispietata e rea,
pallida in vista, orribile e superba
che 'l lume di beltate spento avea:

quando, mirando intorno su per l'erba,
vidi da l'altra parte giugner quella
che trae l'uom del sepolcro e 'n vita il serba.

Quale in sul giorno un'amorosa stella
suol venir d'orïente inanzi al sole
che s'accompagna volentier con ella,

cotal venia; et oh! di quali scole
verrà 'l maestro che descriva a pieno
quel ch'io vo' dir in semplici parole?

Era d'intorno il ciel tanto sereno,
che per tutto 'l desir ch'ardea nel core
l'occhio mio non potea non venir meno.

Scolpito per le fronti era il valore
de l'onorata gente, dov'io scorsi
molti di quei che legar vidi Amore.

Da man destra, ove gli occhi in prima porsi,
la bella donna avea Cesare e Scipio,
ma qual più presso a gran pena m'accorsi:

l'un di vertute, e non d'Amor mancipio,
l'altro d'entrambi. E poi mi fu mostrata,
dopo sì glorïoso e bel principio,

gente di ferro e di valore armata;
siccome in Campidoglio al tempo antico
talora o per Via Sacra o per Via Lata,

venian tutti in quell'ordine ch'i' dico,
e leggeasi a ciascuno intorno al ciglio
il nome al mondo più di gloria amico.

Io era intento al nobile pispiglio,
ai volti, agli atti: ed ecco, i primi due,
l'un seguiva il nipote e l'altro il figlio,

che sol senz'alcun pari al mondo fue;
e quei che volser a' nemici armati
chiudere il passo co le membra sue,

duo padri da tre figli accompagnati:
l'un giva inanzi e due venian dopo,
e l'ultimo era il primo fra' laudati.

Poi fiammeggiava a guisa d'un piropo
colui che col consiglio e co la mano
a tutta Italia giunse al maggior uopo:

di Claudio dico, che notturno e piano,
come il Metauro vide, a purgar venne
di ria semenza il buon campo romano.

Egli ebbe occhi a vedere, a volar penne;
et un gran vecchio il secondava appresso,
che con arte Anibàle a bada tenne.

Duo altri Fabii e duo Caton con esso,
duo Pauli, duo Bruti e duo Marcelli,
un Regol ch'amò Roma e non se stesso,

un Curio ed un Fabrizio, assai più belli
con la lor povertà che Mida o Crasso
con l'oro onde a virtù furon rebelli;

Cincinnato e Serran, che solo un passo
senza costor non vanno, e 'l gran Camillo
di viver prima che di ben far lasso,

perch'a sì alto grado il ciel sortillo
che sua virtute chiara il ricondusse
onde altrui cieca rabbia dipartillo.

Poi quel Torquato che 'l figliuol percusse,
e viver orbo per amor sofferse
de la milizia perché orba non fusse;

l'un Decio e l'altro, che col petto aperse
le schiere de' nemici: o fiero voto,
che 'l padre e 'l figlio ad una morte offerse!

Curzio venia con lor, non men devoto,
che di sé e de l'arme empié lo speco
in mezzo il Foro orribilmente voto;

Mummio, Levino, Attilio; et era seco
Tito Flamminio che con forza vinse,
ma vie più con pietate, il popol greco.

Eravi quei che 'l re di Siria cinse
d'un magnanimo cerchio, e co la fronte
e co la lingua a sua voglia lo strinse;

e quel ch'armato, sol, difese un monte,
onde poi fu sospinto; e quel che solo
contra tutta Toscana tenne un ponte;

e quel che in mezzo del nemico stuolo
mosse la mano indarno, e poscia l'arse,
sì seco irato che non sentì il duolo;

e chi 'n mar prima vincitor apparse
contra' Cartaginesi, e chi lor navi
fra Cicilia e Sardigna ruppe e sparse.

Appio conobbi agli occhi, e' suoi, che gravi
furon sempre e molesti a l'umil plebe.
Poi vidi un grande con atti soavi,

e se non che 'l suo lume a lo stremo ebe,
forse era il primo, e certo fu fra noi
qual Bacco, Alcid'e Epaminonda a Tebe;

ma 'l peggio è viver troppo. E vidi poi
quel che da l'esser suo destro e leggero
ebbe nome, e fu 'l fior degli anni suoi;

e quanto in arme fu crudo e severo,
tanto quei che 'l seguia, Corvo, benigno,
non so se miglior duce o cavaliero.

Poi venia que' che livido maligno
tumor di sangue, bene oprando, oppresse,
nobil Volumnio e d'alta laude digno;

Cosso e Filon, Rutilio, e da le spesse
luci in disparte tre soli ir vedeva,
rotti i membri e smagliate l'arme e fesse:

Lucio Dentato e Marco Sergio e Sceva,
que' tre folgori e tre scogli di guerra,
ma l'un rio successor di fama leva;

Mario poi, che Jugurta e' Cimbri atterra
e 'l tedesco furore, e Fulvio Flacco,
ch'a l'ingrati troncar a bel studio erra,

et il più nobil Fulvio, e solo un Gracco
di quel gran nido garrulo inquïeto
che fe' il popol roman più volte stracco,

e quel che parve altrui beato e lieto,
non dico fu, ché non chiaro si vede
un chiuso cor profondo in suo secreto:

Metello dico, e suo padre, e suo' rede,
che già di Macedonia e de' Numidi
e di Creta e di Spagna addusser prede.

Poscia Vespasïan col figlio vidi,
il buono e bello, non già il bello e rio,
e 'l buon Nerva, e Traian, principi fidi,

Elio Adriano e 'l suo Antonin Pio,
bella successïone infino a Marco,
ché bono a buono ha natural desio.

Mentre che vago oltre cogli occhi varco,
vidi il gran fondatore e i regi cinque;
l'altro era in terra di mal peso carco,

come adiven a chi virtù relinque

.

II

Pien d'infinita e nobil meraviglia
presa a mirar il buon popol di Marte,
ch'al mondo non fu mai simil famiglia,

giungea la vista con l'antiche carte
ove son gli alti nomi e' sommi pregi,
e sentiv' al mio dir mancar gran parte;

ma disviarmi i pellegrini egregi,
Anibal primo, e quel cantato in versi
Achille, che di fama ebbe gran fregi,

i duo chiari Troiani e' duo gran Persi,
Filippo e 'l figlio, che da Pella agl'Indi
correndo vinse paesi diversi.

Vidi l'altro Alessandro non lunge indi
non già correr così, ch'ebbe altro intoppo
(quanto del vero onor, Fortuna, scindi!);

i tre Teban ch' i' dissi, in un bel groppo;
ne l'altro, Aiace, Diomede e Ulisse
che desiò del mondo veder troppo;

Nestor che tanto seppe e tanto visse;
Agamenón e Menelao, che 'n spose
poco felici al mondo fer gran risse;

Leonida, ch' a' suoi lieto propose
un duro prandio, una terribil cena,
e 'n poca piazza fe' mirabil cose;

et Alcibiade, che sì spesso Atena
come fu suo piacer volse e rivolse
con dolce lingua e con fronte serena;

Milziade che 'l gran gioco a Grecia tolse,
e 'l buon figliuol che con pietà perfetta
legò sé vivo e 'l padre morto sciolse;

Teseo, Temistoclès con questa setta,
Aristidès che fu un greco Fabrizio:
a tutti fu crudelmente interdetta

la patria sepoltura, e l'altrui vizio
illustra lor, ché nulla meglio scopre
contrari due com 'piccolo interstizio.

Focïon va con questi tre di sopre,
che di sua terra fu scacciato morto;
molto diverso il guidardon da l'opre!

Com'io mi volsi, il buon Pirro ebbi scorto,
e 'l buon re Massinissa, e gli era avviso
d'esser senza i Roman ricever torto.

Con lui, mirando quinci e quindi fiso,
Jero siracusan conobbi, e 'l crudo
Amilcare da lor molto diviso.

Vidi, qual uscì già del foco, ignudo
il re di Lidia, manifesto esempio
che poco val contra Fortuna scudo.

Vidi Siface pari a simil scempio;
Brenno, sotto cui cadde gente molta,
e poi cadde ei sotto il delfico tempio.

In abito diversa, in popol folta
fu quella schiera; e mentre gli occhi alti ergo,
vidi una parte tutta in sé raccolta,

e quel che volse a Dio far grande albergo
per abitar fra gli uomini, era il primo;
ma chi fe' l'opra gli venia da tergo:

a lui fu destinato, onde da imo
produsse al sommo l'edificio santo,
non tal dentro architetto, com'io stimo.

Poi quel ch'a Dio familïar fu tanto
in grazia, a parlar seco a faccia a faccia,
che nessun altro se ne può dar vanto;

e quel che, come un animal s'allaccia,
co la lingua possente legò 'l sole,
per giugner de' nemici suoi la traccia.

O fidanza gentil! chi Dio ben cole,
quanto Dio ha creato aver suggetto,
e 'l ciel tener con semplici parole!

Poi vidi 'l padre nostro, a cui fu detto
ch'uscisse di sua terra e gisse al loco
ch'a l'umana salute era già eletto;

seco il figlio e 'l nipote, a cui fu il gioco
fatto de le due spose; e 'l saggio e casto
Joseph dal padre lontanarsi un poco.

Poi stendendo la vista quant'io basto,
colui vidi oltra il qual occhio non varca,
la cui inobedienza ha il mondo guasto.

Di qua da lui, chi fece la grande arca,
e quei che cominciò poi la gran torre
che fu sì di peccato e d'error carca;

poi quel buon Juda a cui nessun può torre
le sue leggi paterne, invitto e franco
com'uom che per giustizia a morte corre.

Già era il mio desio presso che stanco,
quando mi fece una leggiadra vista
più vago di mirar ch'i' ne fossi anco.

I' vidi alquante donne ad una lista:
Antiope ed Oritia armata e bella,
Ippolita del figlio afflitta e trista,

e Menalippe, e ciascuna sì snella
che vincerle fu gloria al grande Alcide:
e' l'una ebbe, e Teseo l'altra sorella;

la vedova che sì secura vide
morto 'l figliolo, e tal vendetta feo
ch'uccise Ciro et or sua fama uccide,

però che, udendo ancora il suo fin reo,
par che di novo a sua gran colpa moia,
tanto quel dì del suo nome perdeo.

Poi vidi quella che mal vide Troia,
e fra queste una vergine latina
ch'in Italia a' Troian fe' molta noia.

Poi vidi la magnanima reina:
con una treccia avolta e l'altra sparsa
corse alla babilonica rapina;

poi Cleopatra, e l'un'e l'altra er' arsa
d'indegno foco; e vidi in quella tresca
Zenobia del suo onor assai più scarsa.

Bella era, e ne l'età fiorita e fresca;
quanto in più gioventute e 'n più bellezza,
tanto par ch'onestà sua laude accresca;

nel cor femineo fu sì gran fermezza,
che col bel viso e co l'armata coma
fece temer chi per natura sprezza:

io parlo de l'imperio alto di Roma,
che con arme assalìo; ben ch'a l'estremo
fusse al nostro trionfo ricca soma.

Fra' nomi che in dir breve ascondo e premo,
non fia Judith, la vedovetta ardita,
che fe' il folle amador del capo scemo.

Ma Nino ond'ogni istoria umana è ordita,
dove lasc'io e 'l suo gran successore
che superbia condusse a bestial vita?

Belo dove riman, fonte d'errore
non per sua colpa? Dov'è Zoroastro,
che fu de l'arti magiche inventore?

E chi de' nostri dogi che 'n duro astro
passar l'Eufrate fece il mal governo,
a l'italiche doglie fiero impiastro?

Ov'è 'l gran Mitridate, quello eterno
nemico de' Roman che sì ramingo
fuggì dinanzi a lor la state e 'l verno?

Molte gran cose in picciol fascio stringo:
ov'è un re Arturo, e tre Cesari Augusti,
un d'Affrica, un di Spagna, un Lottoringo?

Cingean costu' i suoi dodici robusti;
poi venia solo il buon duce Goffrido
che fe' l'impresa santa e' passi giusti.

Questo, di ch'io mi sdegno e 'ndarno grido,
fece in Jerusalem co le sue mani
il mal guardato e già negletto nido.

Gite superbi, o miseri Cristiani,
consumando l'un l'altro, e non vi caglia
che 'l sepolcro di Cristo è in man de' cani!

Raro o nessun che 'n alta fama saglia
vidi dopo costui, s'io non m'inganno,
o per arte di pace o di battaglia.

Pur, come uomini eletti ultimi vanno,
vidi verso la fine il Saracino
che fece a' nostri assai vergogna e danno;

quel di Lurìa seguiva il Saladino,
poi il duca di Lancastro, che pur dianzi
era al regno de' Franchi aspro vicino.

Miro, come uom che volentier s'avanzi,
s'alcuno ivi vedessi qual egli era
altrove agli occhi miei veduto inanzi;

e vidi duo che si partir iersera
di questa nostra etate e del paese;
costor chiudean quella onorata schiera:

il buon re cicilian che 'n alto intese
e lunge vide e fu veramente Argo;
da l'altra parte il mio gran Colonnese,

magnanimo, gentil, constante e largo

.

III

Io non sapea da tal vista levarme,
quand'io udi': – Pon mente a l'altro lato
ché s'acquista ben pregio altro che d'arme. –

Volsimi da man manca, e vidi Plato
che 'n quella schiera andò più presso al segno
al qual aggiunge cui dal Cielo è dato,

Aristotele poi, pien d'alto ingegno,
Pitagora che primo umilemente
filosofia chiamò per nome degno,

Socrate e Senofonte, e quello ardente
vecchio a cui fur le Muse tanto amiche
ch'Argo e Micena e Troia se ne sente;

questo cantò gli errori e le fatiche
del figliuol di Laerte e d'una diva,
primo pintor delle memorie antiche.

A man a man con lui cantando giva
il Mantovan che di par seco giostra,
ed un al cui passar l'erba fioriva:

questo è quel Marco Tullio in cui si mostra
chiaro quanti eloquenzia ha frutti e fiori;
questi son gli occhi de la lingua nostra.

Dopo venia Demostene che fori
è di speranza omai del primo loco,
non ben contento de' secondi onori;

un gran folgór parea tutto di foco:
Eschine il dica che 'l poteo sentire
quando presso al suo tuon parve già fioco.

Io non posso per ordine ridire
questo o quel dove mi vedessi o quando,
e qual andare inanzi e qual seguire;

ché, cose innumerabili pensando
e mirando la turba tale e tanta,
l'occhio e 'l pensier m'andava disviando.

Vidi Solon, di cui fu l'util pianta
che, se mal colta è, mal frutto produce,
cogli altri sei di che Grecia si vanta.

Qui vid'io nostra gente aver per duce
Varrone, il terzo gran lume romano,
che quando il miri più tanto più luce;

Crispo Sallustio, e seco a mano a mano
un che già l'ebbe a schifo e 'l vide torto,
cioè 'l gran Tito Livio padovano.

Mentr'io 'l mirava, subito ebbi scorto
quel Plinio veronese suo vicino,
a scriver molto, a morir poco accorto.

Poi vidi il gran platonico Plotino,
che, credendosi in ozio viver salvo,
prevento fu dal suo fero destino,

il qual seco venia dal materno alvo,
e però providenzia ivi non valse;
poi Crasso, Antonio, Ortensio, Galba, e Calvo

con Pollïon, che 'n tal superbia salse,
che contra quel d'Arpino armar le lingue
cercando ambeduo fame indegne e false.

Tucidide vid'io, che ben distingue
i tempi e 'luoghi e l'opere leggiadre
e di che sangue qual campo s'impingue;

Erodoto di greca istoria padre
vidi, e dipinto il nobil geometra
di triangoli e tondi e forme quadre;

e quel che 'nver di noi divenne petra,
Porfirio, che d'acuti silogismi
empié la dïalettica faretra

facendo contra 'l vero arme i sofismi;
e quel di Coo che fe' vie miglior l'opra,
se bene intesi fusser gli aforismi.

Apollo et Esculapio gli son sopra,
chiusi ch'a pena il viso gli comprende,
sì par che i nomi il tempo limi e copra.

Un di Pergamo il segue, e in lui pende
l'arte guasta fra noi, allor non vile,
ma breve e 'scura; e' la dichiara e stende.

Vidi Anasarco intrepido e virile,
e Senocrate più saldo ch'un sasso
che nulla forza volse ad atto vile;

vidi Archimede star col viso basso
e Democrito andar tutto pensoso
per suo voler di lume e d'oro casso;

vidi Ippia, il vecchiarel che già fu oso
dir: – Io so tutto, – e poi di nulla certo
ma d'ogni cosa Archesilao dubbioso;

vidi in suoi detti Eraclito coverto,
e Dïogene cinico in suo' fatti,
assai più che non vuol vergogna, aperto;

e quel che lieto i suoi campi disfatti
vide e deserti, d'altre merci carco,
credendo averne invidïosi patti.

Ivi era il curïoso Dicearco,
ed in suo' magisteri assai dispari
Quintilïano e Seneca e Plutarco.

Vidivi alquanti ch'han turbati i mari
con venti avversi e con ingegni vaghi,
non per saver ma per contender chiari,

urtar come leoni, e come draghi
colle code avvinghiarsi. Or che è questo,
ch'ognun del suo saver par che s'appaghi?

Carneade vidi in suo' studi sì desto
che, parlando egli, il vero e 'l falso a pena
si discernea, così nel dir fu presto;

la lunga vita e la sua larga vena
d'ingegno pose in accordar le parti
che 'l furor litterato a guerra mena;

né 'l poteo far, ché come crebber l'arti
crebbe l'invidia, e col savere inseme
ne' cori enfiati i suo' veneni ha sparti.

Contra 'l buon Siro, che l'umana speme
alzò ponendo l'anima immortale,
s'armò Epicuro, onde sua fama geme,

ardito a dir ch'ella non fusse tale;
così al lume fu fumoso e lippo
co la brigata al suo maestro eguale:

di Metrodoro parlo e d'Aristippo.
Poi con gran subbio e con mirabil fuso
vidi tela sottil ordir Crisippo.

Degli Stoici 'l padre, alzato in suso
per far chiaro suo dir, vidi, Zenone,
mostrar la palma aperta e 'l pugno chiuso;

e per fermar sua bella intenzïone,
[la sua tela gentil tesser Cleante,]
che tira al ver la vaga opinïone.

Qui lascio, e più di lor non dico avante.

TRIUMPHUS TEMPORIS

Trionfo del Tempo

De l'aureo albergo co l'aurora inanzi
sì ratto usciva 'l sol cinto di raggi,
che detto avresti: – e' si corcò pur dianzi. –

Alzato un poco, come fanno i saggi
guardoss'intorno, et a se stesso disse:
– Che pensi? omai convien che più cura aggi.

Ecco, s'un che famoso in terra visse,
de la sua fama per morir non esce,
che sarà de la legge che 'l Ciel fisse?

E se fama mortal morendo cresce,
che spegner si devea in breve, veggio
nostra eccellenzia al fine; onde m'incresce.

Che più s'aspetta? o che puote esser peggio?
che più nel ciel ho io che 'n terra un uomo,
a cui esser egual per grazia cheggio?

Quattro cavai con quanto studio como,
pasco nell'oceano e sprono e sferzo,
e pur la fama d'un mortal non domo!

Ingiuria da corruccio e non da scherzo,
avenir questo a me, s' i' fossi in cielo
non dirò primo, ma secondo, o terzo!

Or conven che s'accenda ogni mio zelo,
sì ch'al mio volo l'ira addoppi i vanni,
ch'io porto invidia agli uomini, e nol celo;

de' quali io veggio alcun dopo mille anni
e mille e mille, più chiari che 'n vita,
et io m'avanzo di perpetui affanni.

Tal son qual era anzi che stabilita
fusse la terra, dì e notte rotando
per la strada ritonda ch'è infinita. –

Poi che questo ebbe detto, disdegnando
riprese il corso più veloce assai
che falcon d'alto a sua preda volando:

più, dico; né pensier poria già mai
seguir suo volo, non che lingua o stile,
tal che con gran paura il rimirai.

Allor tenn'io il viver nostro a vile
per la mirabil sua velocitate
vie più che inanzi nol tenea gentile;

e parvemi terribil vanitate
fermare in cose il cor che 'l Tempo preme,
che, mentre più le stringi, son passate.

Però chi di suo stato cura o teme,
proveggia ben, mentr'è l'arbitrio intero,
fondare in loco stabile sua speme;

ché quant'io vidi il Tempo andar leggero
dopo la guida sua che mai non posa,
io nol dirò, perché poter non spero.

I' vidi il ghiaccio, e lì stesso la rosa,
quasi in un punto il gran freddo e 'l gran caldo,
che pur udendo par mirabil cosa.

Ma chi ben mira col giudizio saldo,
vedrà esser così; ché nol vid' io?
di che contra me stesso or mi riscaldo.

Segui' già le speranze e 'l van desio;
or ho dinanzi agli occhi un chiaro specchio
ov'io veggio me stesso e 'l fallir mio;

e quanto posso al fine m'apparecchio,
pensando al breve viver mio, nel quale
stamani era un fanciullo et or son vecchio.

Che più d'un giorno è la vita mortale?
Nubil'e brev' e freddo e pien di noia,
che pò bella parer ma nulla vale.

Qui l'umana speranza e qui la gioia,
qui' miseri mortali alzan la testa
e nessun sa quanto si viva o moia.

Veggio or la fuga del mio viver presta,
anzi di tutti, e nel fuggir del sole
la ruina del mondo manifesta.

Or vi riconfortate in vostre fole,
giovani, e misurate il tempo largo!
Ma piaga anteveduta assai men dole.

Forse che 'ndarno mie parole spargo;
ma io v'annunzio che voi sete offesi
da un grave e mortifero letargo,

ché volan l'ore, e' giorni, e gli anni, e' mesi;
insieme, con brevissimo intervallo,
tutti avemo a cercar altri paesi.

Non fate contra 'l vero al core un callo,
come sete usi, anzi volgete gli occhi
mentre emendar si pote il vostro fallo;

non aspettate che la morte scocchi,
come fa la più parte, ché per certo
infinita è la schiera degli sciocchi.

Poi ch' i' ebbi veduto e veggio aperto
il volar e 'l fuggir del gran pianeta,
ond'io ho danni et inganni assai sofferto,

vidi una gente andarsen queta queta,
senza temer di Tempo o di sua rabbia,
ché gli avea in guardia istorico o poeta.

Di lor par che più d'altri invidia s'abbia,
che per se stessi son levati a volo
uscendo for della comune gabbia.

Contra costor colui che splende solo
s'apparecchiava con maggiore sforzo
e riprendeva un più spedito volo;

a' suoi corsier radoppiato era l'orzo;
e la reina di ch'io sopra dissi
d'alcun de' suoi già volea far divorzo.

Udi' dir, non so a chi, ma 'l detto scrissi:
– In questi umani, a dir proprio, ligustri,
di cieca oblivïon che 'scuri abissi!

Volgerà il sol non pure anni ma lustri
e secoli, vittor d'ogni cerebro,
e vedrà il vaneggiar di questi illustri.

Quanti fur chiari tra Peneo ed Ebro
che son venuti e verran tosto meno!
quanti sul Xanto e quanti in val di Tebro!

Un dubbio, iberno, instabile sereno,
è vostra fama, e poca nebbia il rompe;
e 'l gran tempo a' gran nomi è gran veneno.

Passan vostre grandezze e vostre pompe,
passan le signorie, passano i regni;
ogni cosa mortal Tempo interrompe,

e ritolta a' men buon, non dà a' più degni;
e non pur quel di fuori il Tempo solve,
ma le vostre eloquenzie e' vostri ingegni.

Così fuggendo il mondo seco volve,
né mai si posa né s'arresta o torna,
finché v'ha ricondotti in poca polve.

Or, perché umana gloria ha tante corna,
non è mirabil cosa s'a fiaccarle
alquanto oltra l'usanza si soggiorna;

ma quantunque si pensi il vulgo o parle,
se 'l viver vostro non fusse sì breve,
tosto vedresti in fumo ritornarle. –

Udito questo, perché al ver si deve
non contrastar ma dar perfetta fede,
vidi ogni nostra gloria al sol di neve;

e vidi il Tempo rimenar tal prede
de' nostri nomi, ch'io gli ebbi per nulla,
benché la gente ciò non sa né crede:

cieca, che sempre al vento si trastulla
e pur di false opinïon si pasce,
lodando più il morir vecchio che 'n culla.

Quanti son già felici morti in fasce!
Quanti miseri in ultima vecchiezza!
Alcun dice: – Beato chi non nasce. –

Ma per la turba a' grandi errori avezza
dopo la lunga età sia 'l nome chiaro:
che è questo però che sì s'apprezza?

Tutto vince e ritoglie il Tempo avaro;
chiamasi Fama, et è morir secondo;
né più che contra 'l primo è alcun riparo.

Così 'l Tempo triunfa i nomi e 'l mondo

TRIUMPHUS ETERNITATIS

Trionfo dell'Eternità

Da poi che sotto 'l ciel cosa non vidi
stabile e ferma, tutto sbigottito
mi volsi al cor e dissi: – In che ti fidi? –

Rispose: – Nel Signor, che mai fallito
non ha promessa a chi si fida in lui;
ma ben veggio che 'l mondo m'ha schernito,

e sento quel ch'i' sono e quel ch'i' fui,
e veggio andar, anzi volare il tempo,
e doler mi vorrei, né so di cui;

ché la colpa è pur mia, che più per tempo
deve' aprir gli occhi, e non tardar al fine,
ch'a dir il vero omai troppo m'attempo.

Ma tarde non fur mai grazie divine:
in quelle spero che 'n me ancor faranno
alte operazïoni e pellegrine. –

Così detto e risposto: or, se non stanno
queste cose che 'l ciel volge e governa,
dopo molto voltar che fine avranno?

Questo pensava; e mentre più s'interna
la mente mia, veder mi parve un mondo
novo, in etate immobile ed eterna,

e 'l sole e tutto 'l ciel disfar a tondo
con le sue stelle, ancor la terra e 'l mare,
e rifarne un più bello e più giocondo.

Qual meraviglia ebb'io, quando ristare
vidi in un punto quel che mai non stette,
ma discorrendo suol tutto cangiare!

E le tre parti sue vidi ristrette
ad una sola, e quella una esser ferma
sì che, come solea, più non s'affrette,

e quasi in terra d'erbe ignuda et erma,
né «fia» né «fu» né «mai» né «inanzi» o «'ndietro»
ch'umana vita fanno varia e 'nferma.

Passa il penser sì come sole in vetro,
anzi più assai, però che nulla il tene:
o qual grazia mi fia, se mai l'impetro,

ch'i' veggia ivi presente il sommo bene,
non alcun mal, che solo il tempo mesce,
e con lui si diparte e con lui vene!

Non avrà albergo il sol Tauro né Pesce,
per lo cui varïar nostro lavoro
or nasce, or more, et or scema, or cresce.

Beat'i spirti che nel sommo coro
si troveranno o trovano in tal grado
che sia in memoria eterna il nome loro!

O felice colui che trova il guado
di questo alpestro e rapido torrente
ch'ha nome vita et a molti è sì a grado!

Misera la volgare e cieca gente,
che pon qui sue speranze in cose tali
che 'l tempo le ne porta sì repente!

O veramente sordi, ignudi e frali,
poveri d'argomenti e di consiglio,
egri del tutto e miseri mortali!

Quei che governa il ciel solo col ciglio,
che conturba et acqueta gli elementi,
al cui saver non pur io non m'appiglio,

ma li angeli ne son lieti e contenti
di veder de le mille parti l'una,
et in ciò stanno desïosi e 'ntenti....

O mente vaga, al fin sempre digiuna,
a che tanti penseri? Un'ora sgombra
quanto in molt'anni a pena si raguna.

Quel che l'anima nostra preme e 'ngombra,
dianzi, adesso, ier, diman, mattino e sera,
tutti in un punto passeran com'ombra;

non avrà loco «fu» «sarà» ned «era»,
ma «è» solo, in presente, et «ora» et «oggi»,
e sola eternità raccolta e 'ntera.

Quasi spianati dietro e 'nanzi i poggi
ch'occupavan la vista, non fia in cui
vostro sperare e rimembrar s'appoggi;

   la qual varïetà fa spesso altrui
  vaneggiar sì che 'l viver par un gioco,
  pensando pur: – che sarò io? che fui? –

   Non sarà più diviso a poco a poco,
  ma tutto insieme; e non più state o verno,
  ma morto il tempo e varïato il loco;

   e non avranno in man li anni il governo
  de le fame mortali, anzi chi fia
  chiaro una volta fia chiaro in eterno.

   O felici quelle anime che 'n via
  sono o seranno di venire al fine
  di ch'io ragiono, quandunque e' si sia!

   E tra l'altre leggiadre e pellegrine,
  beatissima lei che Morte occise
  assai di qua del natural confine!

   Parranno allor l'angeliche divise,
  e l'oneste parole, e i pensier casti
  che nel cor giovenil Natura mise.

 Tanti volti, che Morte e 'l Tempo ha guasti,
  torneranno al suo più fiorito stato;
  e vedrassi ove, Amor, tu mi legasti,

   ond'io a dito ne sarò mostrato:
 – Ecco chi pianse sempre, e nel suo pianto
  sovra 'l riso d'ogni altro fu beato! –

   E quella di ch'ancor piangendo canto,
  avrà gran maraviglia di se stessa,
  vedendosi fra tutte dar il vanto.

   Quando ciò fia, nol so; se fu soppressa
  tanta credenza a' più fidi compagni,
  a sì alto segreto chi s'appressa?

   Credo io che s'avicini, e de' guadagni
  veri e de' falsi si farà ragione,
  ché tutti fien allor opre d'aragni.

   Vedrassi quanto in van cura si pone,
  e quanto indarno s'affatica e suda,
  come sono ingannate le persone;

   nessun segreto fia chi copra o chiuda;
  fia ogni conscïenza, o chiara o fosca,
  dinanzi a tutto 'l mondo aperta e nuda;

e fia chi ragion giudichi e conosca.
Ciascun poi vedrem prender suo viaggio
come fiera scacciata che s'imbosca;

e vedrassi quel poco di paraggio
che vi fa ir superbi, e oro, e terreno,
esservi stato danno e non vantaggio;

e 'n disparte color che sotto 'l freno
di modesta fortuna ebbero in uso,
senz'altra pompa, di godersi in seno.

Questi trionfi, i cinque in terra giuso
avem veduto, et a la fine il sesto,
Dio permettente, vederem lassuso;

e 'l Tempo, a disfar tutto così presto,
e Morte in sua ragion cotanto avara,
morti inseme seranno e quella e questo.

E quei che Fama meritaron chiara,
che 'l Tempo spense, e i be' visi leggiadri
che 'mpallidir fe' 'l Tempo e Morte amara,

l'obblivïon, gli aspetti oscuri et adri,
più che mai bei tornando, lasceranno
a Morte impetuosa, a' giorni ladri;

ne l'età più fiorita e verde avranno
con immortal bellezza eterna fama.
Ma inanzi a tutte ch'a rifar si vanno,

è quella che piangendo il mondo chiama
co la mia lingua e co la stanca penna;
ma 'l ciel pur di vederla intera brama.

A riva un fiume che nasce in Gebenna
Amor mi diè per lei sì lunga guerra
che la memoria ancora il cor accenna.

Felice sasso che 'l bel viso serra!
ché, poi ch'avrà ripreso il suo bel velo,
se fu beato chi la vide in terra,

or che fia dunque a rivederla in cielo